¿Salvado de qué?

Copyright ©2021 Wendy Colón Nieves

Todos los derechos reservados.

Ninguna parte de este libro puede ser reproducida o transmitida de cualquier forma o por cualquier medio, electrónico o mecánico, incluyendo fotocopia, grabación o por cualquier sistema de almacenamiento y recuperación, sin permiso escrito del propietario del copyright.

Zahir había nacido en una noche como ésta, un cielo lleno de estrellas que formaban casi una alfombra de luces que parpadeaban continuamente. Una noche como ésta trajo la felicidad a Abel y su esposa, Zahir fue el regalo que recibió ésta pareja joven de pastores, que hoy contaban con cientos de ovejas. El primogénito esperado cumplía hoy cinco años, andaba corriendo emocionado de un lado a otro pues sabía que esa noche recibiría algunos regalos, en particular el regalo prometido por su papá, un pastor alemán, el mejor regalo para el hijo de un pastor, un perro. Un perro que no solo lo acompañaría en el futuro en su tarea como pastor sino como su fiel amigo por mucho tiempo. Pero esa noche era más especial de lo que todos pensaban, pronto presenciarían algo muy particular.

Y la hora llegó, el papá de Zahir, Abel, regresaba del campo. Pero Zahir no veía su perrito esperado, solo veía a su papá con su vara y su cayado y un bolso de colores que le cruzaba el cuerpo, donde su madre acostumbraba a echarle pan y dátiles a su papá. Zahir hacía esfuerzos por disimular su decepción. No entendía porque no veía su perrito, estaba confundido. Corrió al lado de su mamá, tratando de disimular la tristeza que estaba llenando su corazón y buscando a su vez una respuesta a su pregunta. Su mamá que lo conocía muy bien lo abrazó y le dijo:

- Ten fe, tu papá siempre sabe lo que es bueno para ti y él conoce los deseos de tu corazón.

En ese mismo instante su papá comenzó a vociferar:
- ¡Zahir! ¡Zahir!, ¿Dónde estás que no has venido a recibir a tu padre? ¡Zahir! ¡Zahir! ¡Ven, que necesito tu ayuda con algo!

Zahir salió de la tienda detrás de su mamá, con su rostro un poco decaído. Pero cuando comenzó a acercarse a su papá su curiosidad se despertó al ver que del bolso de colores de su papá se asomaba una oreja puntiaguda color blanco cremoso. Inmediatamente un ladrido que provenía del mismo lugar hizo que el corazón de Zahir saltará de gozo, su papá no había olvidado su promesa. Abel cuidadosamente colocó el bolso de colores en el suelo e inmediatamente saltó un pastor alemán color blanco cremoso. Al instante Zahir lo abrazó y el cachorro recibió todas las muestras de afecto agitando su colita, brincando y ladrando alrededor de quien sería su dueño el resto de su vida.

- ¡Gracias, papá, te amo! ¡Te amo! ¡Te amo!
- ¡Ah! Ahora tienes que cuidarlo mucho, alimentarlo y enseñarle según vaya creciendo a obedecerte y a hacer un buen perro pastor. ¡Oh! Y ponerle un nombre.
- ¡Ah! Ya sé le voy a pedir a papá Dios que me dé un nombre para él.

Zahir continuó jugando y brincando con su nuevo amigo hasta llegada la noche, su mamá lo llamó a la tienda a dormir. Zahir tímidamente entró a la tienda con el cachorro en los brazos esperando que su mamá aprobará que él también entrará a dormir en la tienda junto a él.

Su madre no pudo resistir la mirada tierna que tenía Zahir, similar a la que el cachorro tenía, como si supiera que era momento de conmover a la madre de Zahir.

-Está bien, está bien, solo esperemos que no chille mucho.

Zahir corrió de alegría y se acurrucó en su cama con su cachorrito que aún no tenía nombre. Tan pronto vio que el cachorro se durmió, salió de su cama y se postró al suelo a orar:

-Hola papá Dios, hoy no te voy a pedir muchas cosas. Primero te quiero dar las gracias por mi papá que trajo mi regalo especial. Lo único que te voy a pedir hoy es que me des un nombre para mi nuevo amigo. Nos vemos mañana. Amén.

En seguida se acostó y pronto se durmió.

Pero, la noche de emoción no había concluido, pero Zahir no lo sabía. Afuera permanecían despiertos sus padres y un grupo de pastores que se calentaban alrededor de una fogata dialogando de cómo les había ido el día con sus rebaños en las zonas en que pastaban. Acostumbraban a ponerse de acuerdo hacia dónde se dirigirán con sus rebaños al día siguiente y así dar descanso a algunas de las zonas donde ya habían estado varios días.

Zahir despertó súbitamente al escuchar las voces de sus padres y todos los pastores que exclamaban y murmuraban con voces temblorosas. Con un poco de miedo Zahir se asomó a ver que sucedía afuera. Zahir notó que todos afuera miraban al cielo, lo que provocó que él también mirara para ver lo que todos veían que les hacía alborotar tanto.

El cielo se había llenado de un brillo particular una gran estrella se veía. Zahir salió de la tienda y sintió como el aire se sentía fresco, algo que no sabía explicar le hacía llenar de gozo. Todo estaba saturado de algo místico, algo estaba ocurriendo en el cielo se movían rápidamente las nubes tapando y destapando, la luna y su brillo. Pero una estrella brillaba con más fuerza que ninguna. Zahir se dio cuenta que las brisas hacían que las plantas alrededor saltarán como si estuvieran danzando. Uno de los pastores se percató que algo diferente estaba ocurriendo no solo en el cielo sino alrededor de todos ellos. De repente una poca de neblina rodeó las tiendas, lo que provocó que Zahir corriera al lado de sus padres algo asustado. Pero todos los pastores del clan se sintieron inundados de una paz y de un gozo que no podían explicar en medio del desierto. De repente una gran nube prácticamente descendió del cielo y se puso frente a ellos, los pastores que ya estaban inquietos mirando y observando todo su alrededor, entonces comenzaron a sentir un gran temor cuando se percataron que en medio de la nube había un gran ángel. Zahir se restregaba los ojos, ¿estaré soñando? se preguntaba en su mente. ¿Qué es eso? ¿Quién es ese personaje? ¿Será Dios o un mensajero para decirme el nombre que le debo poner a mi perrito?

Pero inmediatamente el ángel habló y les dijo:

-No tengan miedo. Miren que les traigo buenas noticias que serán motivo de mucha alegría para todo el pueblo. Hoy les ha nacido en la Ciudad de David un Salvador, que es Cristo el Señor. Esto les servirá de señal: Encontrarán a un niño envuelto en pañales y acostado en un pesebre.

Zahir al igual que todos estaba asustado y boquiabierto, sus ojos se abrieron y brillaron más que nunca, sabía que estaba viendo algo sobrenatural, en el día de su cumpleaños, un regalo inesperado. Ciertamente una noche especial, su cumpleaños era el mismo día en que el Salvador del mundo estaba llegando al mundo, aquel del que había escuchado a su abuelo hablar que estaban esperando. ¿Pero quién era ese salvador? ¿A quién iba a salvar y de qué? Muchas preguntas comenzaron a surgir en la mente de este pequeño apenas estaba comenzando a escuchar de Dios y sus mandamientos en labios de su papá.

De inmediato sus preguntas y pensamientos se detuvieron con la aparición de cientos de ángeles que les rodeaban a todos alabando a Dios y diciendo:

- Gloria a Dios en las alturas, y en la tierra paz entre los hombres en quienes Él se complace.

Aquellos pastores que minutos antes estaban llenos de miedo ahora celebraban ante la noticia de la llegada del Salvador del mundo, del mesías esperado que habían escuchado por muchos años, del que habían escuchado hablar a sus padres, a sus abuelos, del que habían escuchado palabras proféticas. Tan pronto los ángeles se marcharon al cielo, los pastores se decían unos a otros:

-Vayamos a Belén y veamos esto que ha sucedido, que el Señor nos ha dado a saber.

Abel se acercó a su esposa para indicarle que irían a Belén a ver lo anunciado. Se alejó de su tienda, de su esposa y de Zahir diciendo para sí:

-Tengo que verlo con mis propios ojos, no lo puedo creer. ¡Llegó el Salvador! ¡Llegó el Mesías! ¡Llegó el tiempo!

Tan pronto su padre se alejó de la tienda surgieron en Zahir muchas inquietudes y preguntas. ¿Qué significaba todo lo que había ocurrido? ¿Por qué mi papá y todos los hombres del clan se fueron casi corriendo a Belén? ¿Acaso no habían visto un bebé? ¿Sería familia de alguien ese niño que había nacido? ¿Por qué mi papá estaba tan contento? ¿Por qué no se despidió de mí? ¿Qué quiso decir mi papá con esa palabra, Mesías?

Su asombro de lo ocurrido pasó a confusión en cuestión de minutos. Su confusión se transformó en inseguridad. ¿Será que para papá aquel bebé del que había escuchado iba a ser más importante que él? Pero, si no era de la familia, ¿por qué mi papá salió a esta hora de la noche corriendo a verlo?

Pero sus pensamientos fueron interrumpidos por su mamá:

-Zahir, regresa ya a tu cama.

-Pero mamá no vamos a esperar que papá regrese.

-No, no, no sé cuánto se va a tardar tu papá. Así que a la cama.

-Pero mamá es que quiero preguntarle algo a papá.

- Mañana le preguntarás todo lo que quieras. Ahora a la cama.

-Está bien mamá, ya me voy. – respondió con un gesto de inconformidad. A pesar de ello se durmió rápidamente.

A la mañana siguiente despertó con los lamidos de su cachorro y el bullicio que provocaban los pastores afuera. Todos hablaban al mismo tiempo, la algarabía era tremenda, unos comentaban de la visita de los ángeles y otros como su papá solo hablaban del Niño.

- Aún estoy impresionado de la escena, ese niño era hermoso, solo de verlo inspira amor y la certeza de que todo estará bien.
- Sí, yo sentí lo mismo. – añadió otro de los pastores.

- Sí. ¿Y vieron las caras de sus padres cuando le dijimos cómo supimos de él? Creo que no nos creyeron mucho. -comentó uno con una risilla.
- ¡Ajá, la madre del bebé, creo que se asustó de vernos a todos allí sin que nos conocieran! No sé si porque era tan joven o porque le daba vergüenza haber recibido a tantos de nosotros en ese lugar, un pesebre. Eso sí que no lo entiendo mucho, ¿Por qué nació allí nuestro Salvador, nuestro Mesías? – expresó uno de los pastores más jóvenes.
- Creo que debemos repasar las profecías para comprender más de lo ocurrido y estar listos para lo que vendrá a partir de este momento.

Zahir que escuchaba de lejos analizaba y cavilaba tratando de a sus cinco años entender lo que había sucedido y lo que eso significaba para todos y para él. Tenía una mezcla de sentimientos que a su corta edad era difícil de manejar. Su curiosidad por entender lo agobiaba. Se sentía amenazado por las expresiones de admiración de su papá por aquel bebé. ¿Acaso ya su papá no lo querría igual? ¿Ese bebé vendría a vivir en su aldea?

Su mamá que había salido de la tienda sin que Zahir se percatara, notó que el niño estaba callado y pensativo, cosa que no era normal. A esta hora estaría corriendo entre las pequeñas ovejas y jugando con su nuevo amigo.

-Zahir amorcito, ¿Qué te sucede?

-Nada. - respondió, pero con lágrimas en los ojos. No sabía cómo explicar a su mamá la ansiedad que sentía al pensar que su papá no lo iba a querer igual. Su mamá muy sabia lo abrazó, le dio un beso en la frente y le dijo:

- Todo va a estar bien, tú sigues siendo nuestra estrella, nuestro regalo de Dios.

Enseguida Zahir se sintió más aliviado mientras su nuevo amigo apareció repentinamente lamiendo sus pies.

- ¡Ah! Hola, amigo, mi estrella, tú eres mi regalo. Mi Aster, ¡Ah! Así que te voy a llamar Aster, mi estrella. Tú eres mi estrella.

***

Habían pasado un par de años de aquella noche de emociones encontradas y el diario entre las ovejas hizo a Zahir olvidar la confusión y la inseguridad que le causó la llegada de aquel famoso niño. Aster también había crecido y Zahir estaba siendo un buen maestro del cachorro. Pero ese día otro tipo de nube aparecía en el panorama, otro evento ocurriría en las cercanías. Una nube gris se veía a lo lejos posándose sobre Jerusalén. Zahir alcanzó a ver a lo lejos un grupo de viajeros que se acercaban apresuradamente, traían muy malas noticias de Jerusalén. Abel y los demás pastores les recibieron y le saludaron como de costumbre y les invitaron a acercarse al fuego de la fogata. Entretanto, Zahir que se dio cuenta que era la familia de su amigo Simón, rápido le buscó entre ellos. Hacía dos años que no veía amigo. Su amigo hizo lo mismo, ambos se abrazaron de felicidad ante el encuentro. Zahir no podía esperar para contarle a su amigo Simón todas las cosas que habían sucedido desde la última vez y presentarle a Aster. No hizo bien mencionar su nombre y Aster saltó entre ellos, Simón se asustó al momento creyendo que era un lobo por su color peculiar. Zahir se reía a carcajadas al ver la cara de susto de su amigo. Ambos estaban observando al perro brincar de lado a lado, cuando de repente escucharon voces de lamento entre los pastores, algunos de ellos hasta gritaban y lloraban. Los niños no sabían lo que estaba ocurriendo, pero corrieron al lugar donde estaban todos lamentándose y llorando.

- No puede ser. ¿Cómo es posible tal atrocidad? – exclamaba Abel con voz entrecortada.
- ¿Qué sucedió? – preguntaba Zahir que también llegó corriendo al escuchar el lamento y el llanto.

El papá de Simón inmediatamente le respondió, sacudiendo su cabeza con un gesto de negación, pues no creía lo sucedido:
- Herodes se volvió loco, anda como un animal salvaje. Mandó a matar a todos los niños menores de dos años que había en Belén y todos los alrededores. Todos están desconsolados, las

madres están en las calles como muertas del dolor. No hay excusa razonable para lo que está haciendo.
La madre de Zahir saltó de espanto:
- ¡Qué! ¡¿Qué dices?! No puedo creer lo que dices. Pero ¿Cómo? No entiendo.
- Algo escuche entre algunas personas que se sintió engañado por unos sabios, pero no sé qué relación tiene una cosa con la otra. Pero es un horror amigos, es un horror. – añadió muy apesadumbrado.

Los niños que estaban escuchando todo se asustaron mucho.
- Simón, ¿estaremos seguros nosotros? ¿Será solo a los de menos de dos años o luego incluirán niños de más edad? - le preguntó Zahir a su amigo.
- No sé amigo, no sé. – respondió Simón. – Ahora entiendo por qué mi papá apenas se acercó a la ciudad y se alejó de ella tan aprisa.
- ¿Por qué habrá pasado eso? ¿Será que algún niño se habrá portado muy mal y enojo a ese señor? – Muchas preguntas surgían de los labios de Zahir.
- Bueno creo que debemos dar gracias a Dios que no estamos allí y que somos niños grandes.

El resto de la tarde transcurrió entre lamentos y tiempos de silencio y reflexión entre los adultos. Zahir y su amigo Simón se fueron a dialogar entre las ovejas alimentando las más pequeñas y débiles, junto a Aster que paseaba entre ellas. Cayó la noche y a pesar de surgir otro día la pesadumbre y la tristeza permaneció alrededor de ellos por un tiempo. Los días siguientes pasaban otros grupos de viajeros y comentaban sobre lo ocurrido y algunos de ellos alegaban que lo ocurrido fue dicho por un profeta hace mucho tiempo. Pero al final nadie entendió por qué ocurrió aquella masacre; solo Herodes y algunas pocas personas sabían la verdadera razón. A los pocos días la familia de Simón se despedía nuevamente de Abel y todos los pastores. Zahir y Simón aprovecharon hasta el último minuto para permanecer juntos jugando con Aster. Pero llegó el momento de despedirse también, y esperar que no pasara mucho tiempo en volver a verse.

Esa noche Zahir no podía conciliar el sueño. Las historias que había escuchado sobre la matanza de los niños, la tristeza de despedirse de su amigo sin la seguridad de volver a verse lo dejaron muy inquieto. Pero el cansancio y el calor del día le ganaron a su inquietud y se quedó dormido junto a su fiel amigo Aster.

Caían cuerpos de niños de las murallas de la ciudad. Mujeres gritaban espantadas y corriendo llenas de sangre por todos lados. Aster ladraba y ladraba hacía un callejón, pero Zahir no se podía mover para ver a qué o, a quién ladraba su perro. Zahir sentía sus pies pegados al suelo. Un hombre con una espada le pasó por el lado corriendo detrás de una mujer que llevaba a un niño llorando en brazos. Otros dos hombres gritaban dentro de una casa: - ¡Suéltalo o mueres tú también! De repente vio un gran oso negro salir del callejón al que Aster ladraba. Su boca estaba llena de sangre. Trató de golpear al perro con su garra, pero éste corrió y alcanzó a subirse a una carreta y de allí saltó al techo de una tienda. Zahir no podía moverse, el miedo se apoderó de todo su ser. Un grupo de hombres corrió frente al oso y al pasar el oso desapareció. Y Zahir logró mover sus pies lentamente. Llamaba a Aster, pero el perro no lo miraba. Aster brincó del techo y volvió a la entrada del callejón, pero esta vez aullaba y Zahir se acercó lentamente llamando al perro. Al llegar al lado del perro se fijó en lo que había en el callejón. Quedó turbado, era él. Su cuerpo estaba destrozado y ensangrentado en el suelo del callejón. Sintió náuseas ante la escena y su mente se turbó. ¿Qué estaba pasando? ¡Ese soy yo! Pero ¿Cómo? Si estoy aquí. Pero ¿qué está ocurriendo? Inmediatamente un anciano con ropas ásperas se le paró al lado y le dijo:

-El que no lo reciba morirá.

- ¿Qué? ¿Qué dice? ¿Qué no reciba a quién? ¿Qué no reciba qué? – le preguntaba Zahir al anciano, que se alejaba de él sin apenas escucharle.
- ¡Zahir! ¡Zahir! - una voz dulce le llamaba, pero él no la reconocía, ni podía percibir de dónde venía.
- ¿Quién me llama? ¿Dónde estás? – cuestionaba mirando para todos lados. - ¿Qué está sucediendo? ¿Tú puedes explicarme? – preguntaba lloriqueando.
- ¡Zahir! ¡Zahir! Despierta amorcito, estás teniendo una pesadilla. - le repetía su mamá.

Se despertó espantado, sudando y sintiendo dolor en todo su cuerpo. Su madre lo abrazó asegurándole que todo estaba bien, que era solo una pesadilla.

- Pero mamá, ¡yo estaba muerto! – decía entre llanto y sollozos. – ¡yo estaba muerto!
- ¡Oh! amorcito fue solo una pesadilla no te preocupes.
- Pero mamá había un anciano que me habló y me dijo que el que no lo recibiera se moriría. Pero no me dijo que debía recibir o a quien. ¿Tú sabes de qué hablaba?
- No mi niño, tranquilo, fue solo un sueño. No te preocupes puede ser cualquier cosa. Creo que te quedaste impresionado por todas las cosas que han ocurrido. Ven te voy a dar un té de hierbas para que te calmes un poco.

Zahir se tomó el té que su madre le había preparado con mucho cariño, pero le fue muy difícil volver a dormir. Solo asegurándole su mamá que se quedaría esa noche a su lado pudo conciliar el sueño. Al despertar al otro día seguía muy inquieto con aquel sueño, pero no dijo nada, hasta llegar al campo con su papá.

-Papá, ¿sabes lo que soñé anoche?
- Algo me contó tu mamá. Pienso como ella, te quedaste impresionado por las cosas que contaron los papás de Simón.
- Papá yo me vi muerto. ¡Estaba muerto! Y ese anciano que vi, no sé quién era. – le contaba a su papá agitándose.

- Pero cálmate. ¿Te dijo algo?
- Sí, sí, sí, me dijo que el que no lo reciba se moriría. Pero yo estaba muerto papá. – añadió con lágrimas en los ojos.

Su papá se acercó y dándole una palmada le dijo:
- Creo que el anciano hablaba del Salvador, del Mesías.
- ¡¿Qué?! ¿De quién? ¿De qué? - Ese nombre, esas palabras las había escuchado antes, pero no le traían buenos recuerdos. Ese fue el nombre que usaron para referirse a aquel niño, a aquel bebé que le había robado la atención de su papá por un tiempo, el día de su cumpleaños.
- Sí, cuando lleguemos a lo alto de la colina mientras comemos algo te hablaré de Él.

No, no. Pensaba Zahir, no quiero volver a escuchar de ese niño. ¿Cómo podía él ser el Salvador? Era menor que él, era un niño. ¿Salvarme de qué? Si lo que me atacó en el sueño fue un oso. Así pasó toda la mañana pensando y pensando.

Pero llegó el inevitable momento, llegaron a la colina y Zahir se fue a caminar cerca del rebaño para evitar que su papá lo invitara a sentarse y escuchar de ese, del niño, del llamado Salvador. Pero a pesar de que su papá no había vuelto a mencionar el tema, no había olvidado la conversación. Su padre se quedó inquieto por las palabras que Zahir le indicó, expresó el anciano. Él sabía que ese era un mensaje para su hijo que ya estaba comenzando a conocer las leyes de Dios.

- Zahir, ¡ven! - gritó su papá desde la sombra del árbol en que acostumbraban a sentarse a comer dátiles y pan.
- ¡Voy! – respondió reconociendo que su papá no iba a olvidar el tema.

Aster llegó primero que Zahir a la colina, iba subiendo, arrastrando sus pies reflejando su poco interés en la conversación que le esperaba con su papá, no quería que su papá le hablara del niño que nació aquella noche, su recuerdo era como una piedrecita en su sandalia. Ya su papá tenía una manta en el suelo y el pan y los dátiles fuera. Zahir se sentó e inmediatamente tomó uno de los dátiles, disfrutaba mucho este momento pues era un tiempo a solas con su papá, pero hoy era diferente, no quería hablar mucho. Su papá dijo:

- Zahir, hoy vamos a comenzar no solo una conversación sobre tu sueño, sino también comenzaré a enseñarte sobre la ley de Dios y sus palabras. Estas cosas que te enseñe debes aprenderlas pues algún día las repetirás a tus hijos.

¿Qué? ¿De qué habla papá?, pensaba Zahir, ¿Qué tiene esto que ver con mi sueño? ¿Qué tiene que ver con el niño? ¿Con el tan mencionado salvador? Las preguntas en su mente fluían continuamente mientras disfrutaba de sus dátiles. Su papá comenzó a hablarle de la manera más sencilla posible, qué era la Torá, el Talmud y los mandamientos de Dios; le explicó quiénes eran y cuál era el rol de los profetas o hombres de Dios. Cuando creyó que Zahir entendió que era un profeta, comenzó a decirle:

- Algunos de estos hombres santos anunciaron que el Salvador del mundo nacería en Belén en un pesebre, como nos dijo el ángel aquella noche de tu cumpleaños, ¿recuerdas? Por eso nosotros todos los del pueblo de Dios nos pusimos muy contentos pues sabemos que ese niño crecerá como tú. Pero ese niño que se convertirá en un hombre nos libertará del abuso del gobierno romano y de todo aquel que maltrate al pueblo de Dios. Por eso decimos que es el Salvador, cuando Él sea grande salvará al pueblo de Dios de los gobernantes abusadores y que no respetan a Dios.

Por un momento las palabras de su papá le hicieron olvidar los celos que surgieron en él, cuando su papá llegó hablando del que había nacido. Esta historia de alguien que iba a salvar a la gente de los malos le llamaba la atención. Pero de repente los recuerdos de su sueño saltaron a su mente.
- Papá, ¿pero ¿qué tiene esto que ver con mi sueño?
- A ver, Zahir, cuéntame bien tu sueño.

De inmediato Zahir contó a su papá el sueño con lujo de detalles, reflejando en sus palabras la misma tensión que había experimentado esa noche en que tuvo el sueño. Su papá muy sabiamente le indicó que a veces los sueños no significan nada y que a veces surgen de porciones de recuerdos y hasta de temores. Pero añadió:
- Pero me parece que el anciano de tu sueño era un mensajero de Dios y por mi experiencia Zahir algo tiene que ver con el Salvador. Pero nada, no te preocupes si Dios en sueños quiere decirte algo, Él continuará haciéndolo y en algún momento lo entenderás todo. Así que no te preocupes, hay que vivir un día a la vez.
- ¿Tú crees?
- Estoy seguro y de ahora en adelante sabes que comenzaré a enseñarte de la ley, los profetas y de las palabras de Dios para todos nosotros. Además, como estás creciendo te voy a asignar el cuidado de tres ovejitas, para que comiences a velar por ellas en particular. ¿Qué te parece?
- ¡Oh! ¿Y Aster me ayudará?
- Claro, será parte de su entrenamiento también como perro ovejero.
- ¿Escuchaste Aster? – dijo Zahir a su perro. – No más juegos en la colina, ahora vas a aprender.

Zahir quedó complacido con la conversación con su papá. No fue tan mala como esperaba. Concluyó que aquel niño que había nacido y del que su papá y el resto de los pastores hablaban no iban a robarle el amor de su papá. Ahora entendía que el nacimiento de ese niño significaba otra cosa para su papá. Aun así, quedó inquieto con algunas cosas y otras que no entendió muy bien.

***

A partir de ese día su papá todas las tardes tomaba tiempo para enseñarle sobre Dios y la ley. A los diez años añadió a su instrucción el aprendizaje de la Misná y al cumplir sus quince años comenzó a profundizar en el estudio del Talmud. De igual forma Zahir fue aprendiendo todas las tareas del cuidado de las ovejas y las razones para cada una de las prácticas de la ocupación del pastor de ovejas. Su papá siempre le recalcaba lo despistadas que a veces eran y con la facilidad que se perdían si el pastor y su perro no estaban al pendiente de ellas. En las noches le hacía hincapié en la importancia de dormir bien para estar muy despierto mientras estaba en el campo velando las ovejas, no solo por la facilidad con la que se desorientaban sino también por los animales salvajes que podían venir a atacarlas. Y esa lección no la olvidaría después de una noche que se quedó hablando con unos amigos hasta tarde y luego se puso a jugar un poco con Aster en lugar de ir a dormir como de costumbre. Al acostarse se quedó dormido inmediatamente y otro sueño perturbador se manifestó. Zahir como de costumbre al terminar de comer pan y dátiles, bajo la sombra del almendro con su papá, se fue a ver las ovejas que su padre le había regalado. Allí andaban brincando de un lado para otro. Su papá le había pedido velar al rebaño mientras él iba a recoger un poco de agua al pozo que estaba cerca. Pero Zahir que no había dormido bien cerró sus ojos por un rato. Repentinamente despertó al escuchar a Aster ladrando como loco. Zahir se fijó hacia donde el perro ladraba y vio una de sus ovejas comiendo lejos del grupo. Pero también se percató que muy cerca de ella un oso que salía detrás de la peña se acercaba a ella lentamente. Zahir aturdido no sabía qué hacer. Era la primera vez que tenía un encuentro con un oso. Pero no quería perder su oveja. Sabía que tenía que hacer algo. Comenzó a tirarle piedras al oso, pero esto hizo que el oso se volteara y viniera corriendo a atacarlo. Aster se paró entre los dos, pero el oso le dio un zarpazo que el perro cayó aullando a varios pies de distancia ensangrentado. Esto hizo que Zahir le gritará al oso enfurecido y le arrojara otra piedra. Zahir esquivó al oso como pudo y corrió donde estaba Aster. Estaba vivo, pero solo miró a Zahir. El oso venía corriendo hacia Zahir y él a su vez corría hacia la oveja sola. Pero de repente se sintió mareado, todo le daba vuelta, el oso lo había alcanzado en la cabeza. Cayó al suelo sintiendo algo caliente bajando por su frente. Solo podía ver el cielo y escuchar el gruñido del oso que se acercaba ahora lentamente a él con la certeza de que tendría que comer. Zahir solo pensó en sus padres, en el dolor que iban a sufrir por él. Pero imprevistamente alcanzó a escuchar un rugido. Levantó como pudo la cabeza y vio saltar de la peña un gran león, que se interpuso entre el oso y su nueva presa. Tan pronto el oso vio el animal retrocedió rápidamente y salió corriendo colina abajo. Zahir ahora más asustado ante semejante animal trató de incorporarse. Aster se había arrastrado lentamente a su lado. El león se volteó y Zahir solo cerró sus ojos y le pidió a Dios su ayuda. Cuando abrió sus ojos vio al león alejándose y el mismo anciano con el que había soñado anteriormente que le dijo:

-Su nombre es Joshua, el León de Judá. No temas, Yo te ayudaré.

- Pero ¿Quién es usted? – preguntó cómo pudo adolorido. Pero antes de que le respondiera el anciano, Zahir perdió el conocimiento.

Saltó súbitamente de su cama y corrió a pedirle perdón a su padre. Abel no entendía por qué su hijo le pedía perdón.

- ¿Qué sucede Zahir? ¿Qué hiciste? – le cuestionaba su padre.
- No vuelvo a desobedecer y acostarme tarde. Ya entendí por qué debo acostarme temprano. Debo estar atento y listo siempre para cuidar bien de las ovejas. – le contestó a su papá, pero sin contarle el sueño que había tenido. Zahir comenzaba a entender que Dios estaba atento a él, pero sabía que tenía que aprender más.

Tres años después de aquel sueño escalofriante, Zahir había crecido en sabiduría y en estatura. Su padre andaba muy orgulloso de él y se veía muy animado ese día pues Zahir iría con él por primera vez a Jerusalén a vender lana. Zahir no podía disimular su emoción, solo le apenaba que su compañero fiel no podría acompañarle a este viaje. Su mamá corría detrás de él dándole consejos de todo tipo.

- No te alejes mucho de tu papá. Ten cuidado de cualquier extraño que te quiera poner cosas en las manos. No toques ningún fruto de las mesas. No te acerques a las mujeres que andan en la calle con su cabeza al descubierto. - así continuaba la madre y repetía cada vez que se acordaba de algo.
- Si, mamá. Está bien, mamá. – respondía suspirando y con una risita. Sabía que su mamá continuaría repitiendo todo hasta que se perdieran de vista.
- ¡Zahir, vámonos! Que tenemos un largo camino por delante.
- Bendición mamá.
- Dios te acompañe y te bendiga hijo mío.

Apenas pudo dormir Zahir la última noche de la jornada para llegar a Jerusalén. La emoción le hacía imaginar toda clase de cosas que creía podría ver allí. Pero nada de lo que imaginaba alcanzó a igualar las murallas que ya se veían a lo lejos y lo que vería dentro de ellas.

Las inmensas puertas abiertas de la ciudad le daban la bienvenida a otro mundo. Un lugar lleno de bullicio, gente de todas clases y hasta colores. Unos trigueños y otros de piel más oscura. Mujeres y hombres subiendo y bajando por las calles. Hombres gritando precios y ofertas de todo cuanto tenían sobre sus mesas. Mesas llenas de frutas con colores brillantes que provocaban darle un mordisco de inmediato. Panes de todos los tamaños. Cántaros enormes en algunos rincones de los cuales salía olor a mosto. Música, también se oían diferentes instrumentos musicales en algunos de los rincones de la ciudad y por las ventanas de algunos otros lugares. Zahir notó una calle llena de mujeres de cabello largo y suelto, y recordó las palabras de su madre, "no te acerques a las mujeres que andan en la calle con su cabeza al descubierto." ¡Oh!, las mujeres de las que hablaba mi madre, pensó.

Su padre se detuvo frente a un mercader que al parecer conocía y comenzaron a dialogar de precios conforme su papá le mostraba al hombre la lana. Mientras, Zahir veía algunas mujeres que pasaban con aros en su nariz, otras tenían trenzas con adornos de oro y perlas en ellas. Ellas iban acompañadas de hombres con brazaletes por encima de la muñeca de marfil y otros de oro. Estaba impresionado pero divertido ante la variedad de colores y prendas que llevaban algunos de los habitantes de la ciudad. Luego de completada las transacciones de su papá con el mercader su padre se acercó y le dijo:
- Imagino que estás asombrado de todo hijo. Pero aún no has visto lo más impresionante, ven vamos.

Zahir quedó boquiabierto al ver imponente edificio frente a sus ojos. Lo que había imaginado al escuchar las descripciones del templo de Jerusalén en labios de otros se quedaba corto ante la majestuosidad del santuario. Una gran muralla blanca rodeaba todo el edificio principal del templo. Parado frente a una monumental escalera de más de doscientos pies de ancho que llevaban a algunas de las puertas de entrada y salida del complejo apenas parpadeaba de la impresión. Su papá le hablaba explicando algunas cosas del templo, pero Zahir apenas le escuchaba, los ruidos a su alrededor y sus pensamientos ante las imágenes que veía impedían toda posibilidad de que Abel captara la atención de su hijo.

Algunas tiendas construidas alrededor contrastaban con el esplendor de las murallas. Mientras observaba y reflexionaba sobre ese contraste los ojos de Zahir se detuvieron en un altercado entre dos hombres que estaban junto a una mesa.
- ¡¿Qué?! ¡¿Cómo?! ¡Solo tres denarios por lo que te doy! ¡Eres un ladrón! -gritaba uno.
- ¡Esa es la oferta, si no te gusta el problema es tuyo! -El otro increpó.
- ¡Eres un ladrón!
- No me importa lo que creas de mí, esto es un negocio, no un lugar de caridad. Así que retírate.

El hombre tomó unas monedas de la mesa y se fue gruñendo y diciendo palabras soeces. De pronto un hombre que casi atropella a Zahir le puso en sus manos una pequeña estatuilla en forma de un hombre con brazos cruzados color oro. Zahir no sabía si era oro o solo alguna pintura, la miraba y la miraba y su brillo le sedujo. Su papá que se había entretenido saludando a algunas personas se volteó y le preguntó, ¿qué tienes ahí? Zahir rápidamente escondió la figura bajo su manto y le respondió a su papá:
- Nada.
- Oh, pensé que tenías algo en la mano. – comentó Abel.

Inmediatamente Zahir le llamó la atención que un hombre borracho estaba entrando al templo y le preguntó a su papá.
- ¿Cómo ese hombre borracho puede entrar a un lugar santo? ¿Cómo se atreve?
- Bueno hijo, siempre habrá muchas cosas en la vida que serán contrastes muy marcados, muchas contradicciones. Vas a ver muchas cosas malas cerca de las buenas, pero ya Dios juzgará todo. Nosotros solo debemos fijarnos en las cosas buenas y pensar en todo lo bueno, lo honesto, lo justo, lo puro. Dios se encargará de juzgar y barrer todo lo que es malo. Tienes que recordar eso.
- ¡Um! Entendí pensar en todo lo bueno.
- Bueno, ahora vamos a la casa de un amigo que nos hospedará esta noche, tenemos que descansar mañana tenemos un largo viaje de vuelta.
- Oh, ¿y cenaremos con él? Estoy hambriento.
- Sí y su esposa ya debe tener preparado un delicioso cordero, siempre preparan uno cuando yo me hospedo con ellos, son muy hospitalarios.
- Um, se me hace la boca agua de pensarlo.

Caminaron varias calles rodeados de colores, sonidos y olores muy peculiares que llamaban la atención de Zahir. Por momentos su padre se detenía y le mostraba algo que él sabía que su hijo no había visto anteriormente y se aseguraba que supiera lo que era y para qué. Conforme se acercaban a la casa, Abel aceleraba el paso, también deseaba comer y descansar. Se sentía muy complacido con la venta que había realizado y estaba contento de que su hijo lo acompañara en esta ocasión.

Su amigo lo estaba esperando afuera de la casa y lo recibió muy alegre. De inmediato lo invitó a pasar a la casa, no sin antes abrazar a Zahir diciendo:

-Oh, que gusto recibir al hijo de mi amigo. ¡Bienvenido Zahir, esta es tu casa, adelante!

El olor a comida hizo que Zahir entrara apresuradamente a la casa del amigo de su papá. Saludó a las personas que se encontraban allí. Tadeo el amigo de su papá le presentó a su familia inmediatamente.

- Ella es mi esposa, Miriam. Mi hijo Jonás y mi hija Adhara. –
- Mucho gusto. – dijo Zahir inclinando su cabeza a manera de saludo, pero mirando solo a Adhara. La joven de quince años era lo más hermoso que había visto Zahir en Jerusalén, según su parecer. Su papá que se dio cuenta de la mirada insistente de su hijo a la joven lo golpeó con el codo levemente, provocando que Zahir saliera de su hipnosis temporera ante la joven. Inmediatamente Miriam y la joven sirvieron la mesa. Y luego de dar gracias por los alimentos comieron a gusto hasta saciarse. Tomaron un té y Tadeo los llevó a donde dormirían. No pasó mucho tiempo para que ambos quedaran profundamente dormidos. Pero otro sueño perturbador irrumpió en el descanso de Zahir.

Zahir se veía así mismo durmiendo, pero escuchando la voz de su mamá: "No te alejes mucho de tu papá. Ten cuidado de cualquier extraño que te quiera poner cosas en las manos." Luego escuchaba a su papá: "¿Qué tienes en la mano?" "Nada," se escuchaba así mismo decir. Pero de repente comenzó a sentir golpes en su cara y en todo su cuerpo de cosas que caían del techo. Se levantó de la cama y se percató que era granizo, que estaba cayendo dentro de la habitación. Zahir se fijó que la palabra "nada" estaba escrita en el cojín donde él reposaba su cabeza y debajo del cual él había escondido la estatuilla que le había dado aquel hombre en la calle. Inmediatamente se dio cuenta que continuaban cayendo granizos, pero se estaban derritiendo tan pronto tocaban el suelo y agua comenzó a surgir del piso y comenzó a llenar la habitación. A la misma vez se dio cuenta que la estatuilla de oro estaba creciendo delante de sus ojos llegando a ser de su tamaño. Zahir tenía sus pies pegados al suelo y no podía moverse. El agua subió rápidamente y ya llegaba casi a los hombros de Zahir. El gritaba pidiendo ayuda, pero nadie aparecía a su rescate. Pero al mirar hacia la puerta de la habitación notó que al otro lado de la puerta había una gran piedra y cerca de ella el anciano de sus otros sueños que le dijo:

- Yo pongo una piedra, el que crea en ella no será perturbado. No tendrás otros dioses porque yo soy un Dios celoso. Si me buscas las aguas no te anegarán.

Inmediatamente Zahir comenzó a llorar y pedir perdón a Dios por tomar la estatuilla y desobedecer a su mamá, mientras pedía perdón el agua comenzó a bajar y desapareció súbitamente de la habitación, así como la estatua. Zahir despertó todo mojado de todo lo que sudó mientras soñaba. Buscó bajo su cojín la estatuilla, pero no la encontró. Buscó y buscó, pero no halló nada. Esto lo hizo quedar muy inquieto el resto de la noche y durante todo el día siguiente camino a su casa. Zahir no sabía lo que había sucedido con la estatuilla.

Tan pronto salió el sol, disfrutaron de un desayuno que Miriam había preparado y se alistaron pronto para su regreso. Tadeo les entregó una bolsa llena de porciones de pan recién hecho para el camino y algunas frutas para que llevaran a la esposa de Abel. Zahir se despidió de todos y agradeció su hospitalidad, en particular a Adhara.

El sol estaba azotándoles fuertemente durante todo el trayecto. Zahir sudaba cuantiosamente y cada vez que se veía a sí mismo todo mojado recordaba el sueño de la noche anterior. Se detuvieron a comer un poco del pan que Tadeo le había dado. Su papá que lo conocía notó su inquietud y le preguntó si todo estaba bien. No quería admitir que había mentido y contarle el sueño significaba reconocer que lo había hecho. Mas su papá sabía que él no había pasado una buena noche, pero sabiamente no insistió, sabía que su hijo en algún momento le contaría lo que le inquietaba. Pero las altas temperaturas que comenzaron a sentirse como un látigo sobre ellos, solo les permitía pensar en llegar lo antes posible para descansar bajo el frescor de los árboles que rodean su hogar.

Su madre estaba, como un vigía esperando su llegada, para estar lista con una buena comida para su esposo y su hijo. Sus cálculos siempre precisos permitían que todo estuviera aún caliente cuando llegaba su esposo del viaje a la ciudad siempre. Un pedazo de carne, pan recién horneado, una mesa muy arreglada y una mezcla de olores a jazmín y sándalo esperaban a sus amores. Apenas se acercó a observar el horizonte se percató del polvo que se levantaba, una señal de que alguien se acercaba y por la hora ya sabía quién era. Avisó a su sierva que ya se acercaban que preparará las tinajas con agua para lavar los pies de su esposo e hijo.

Abel dio gracias a Dios tan pronto reconoció a su esposa de lejos y aceleró el paso, su hijo también estaba deseoso por llegar, pero también ansioso porque sabía que su mamá le iba a saturar de preguntas. Aster brincaba de gozo de ver a su amo, lo extrañó tanto como Zahir a él.

- Hola, amigo, ¿me extrañaste? Ya, ya, ya estoy aquí. – dijo Zahir a su perro inclinándose para acariciarlo, como casi rogaba el perro que él hiciera.

Efectivamente luego de los saludos acostumbrados, el lavado de sus pies y sentarse a comer, la madre de Zahir saltó a su lado a preguntar de todo, desde que vio hasta que sintió en su visita a la ciudad. Zahir cansado del viaje se sintió mareado de tantas preguntas, tanto que casi cae rostro en tierra si su papá no lo sostiene. Su mamá se alarmó pensando que venía enfermo, pero Abel le aclaró que era efecto del cansancio y el calor del camino. Así que ambos le indicaron a Zahir que mejor se fuera a dormir a lo que él inmediatamente obedeció.

***

Al cabo de un par de semanas había mucho movimiento en el clan. Reuniones de pastores, hombres reforzando sus tiendas y las vallas que rodeaban los rebaños. Se acercaba un tiempo difícil, los más viejos del clan habían dado aviso. El chamsin, conocido como viento del este, se acercaba. Cincuenta días debían permanecer resguardados por algunas horas al día, pues estos vientos aumentan las temperaturas que ya eran calientes y sofocantes, y la arena que volaba cegaba a cualquiera. Este era el tiempo oportuno para estudiar más la ley y los mandamientos de Dios. Pasado este tiempo, tomaba otro poco para que la tierra volviera a mostrar su verdor, ya que la arena caliente la quemaba a su paso. Entre tanto Abel y Zahir junto a otros pastores salían con sus rebaños a otras regiones a pastar.

Cada año que pasaba estas salidas en busca de campos verdes fueron convirtiéndose en experiencias donde Zahir aprendía no solo del rol del pastor, sino de los peligros y los cuidados de la vida. Los pastores como su padre y él se exponían a experiencias que provocaban todo tipo de sentimientos y emociones; desde la tristeza cuando perdían una oveja hasta la alegría de ver otras nacer. Eran tiempos de dejar comodidades de su hogar y todo tipo de distracción para encontrarse a sí mismos, con sus temores, pensamientos y en algunos casos con Dios.

Cuando estaban en otras regiones veían de tiempo en tiempo caravanas de nómadas comerciantes que ofrecían mercancías e intercambiaban por lana en muchas ocasiones, lo que hacía estas salidas a estas regiones una provechosa en muchos aspectos.

No obstante, para los pastores jóvenes también representaban tiempos de pruebas y dificultades. Les correspondía a ellos cuidar muchas veces en la noche los rebaños. Mas la noche bajo las estrellas a campo abierto se convertía en otro escenario. Los peligros se asoman en medio de la oscuridad: ladrones y animales salvajes son los principales. Y uno de estos se presentó inesperadamente dos días después del cumpleaños número veinticinco de Zahir. Él al igual que todos los pastores jóvenes no temía atrapar ladrones y hacerles pasar un buen susto, pero la visita de los lobos era otra historia.

Y esa noche temida por Zahir llegó, una manada de lobos estaba acercándose lentamente, pero él aún no lo sabía. Esa noche el grupo de jóvenes pastores como todas las noches se calentaban junto a la fogata. Era una noche más fría, donde el viento hacía que las ovejas buscaran calentarse pegando sus cuerpos pareciendo una gran bola de lana. El viento silbaba como si avisará que algo estaba por suceder. Aster y el perro de otro de los jóvenes pastores levantaron su cabeza y concentraron su mirada hacia los árboles cercanos. Algo también se estaba moviendo por los arbustos al lado contrario de los árboles, pero muy cerca del rebaño. Aster corrió hacia estos arbustos ladrando seguido del otro perro. Entre los arbustos y los árboles la sombra de dos figuras se movía de lado a lado. El aullido de uno de los perros se escuchó desde los arbustos. Ninguno de los dos perros salían. Zahir solo pensaba en las ovejas hasta que escuchó el aullido del perro. Salió corriendo hacia los arbustos, pero fue detenido por otro de los pastores.

- ¡No! - le gritó- puede ser una trampa y te estén esperando para atacarte. –

Los lobos atacaban en grupos lo que hacía muy peligroso y difícil acabar con ellos. Cada uno de ellos jugaba un papel a la hora de cazar. Se movían en grupos, pero en diferentes posiciones; unos se movían para llamar la atención mientras otros se acercaban al rebaño a llevarse la presa y otros vigilaban para atacar a aquel que intentara interponerse a la misión de su grupo. Allí estaba la trampa, aún así, Zahir entró a los arbustos. Los jóvenes pastores corrían alrededor del rebaño gritando y velando que no se acercaran los lobos al rebaño en particular a las ovejas más pequeñas. Elías, el joven que intentó detener a Zahir, le avisó a los demás qué Zahir había entrado a los arbustos y no había salido aún.

Al momento en que Zahir se adentró a los arbustos comenzó a llamar a su perro:

- ¡Aster! ¡Aster! - al dar varios pasos más tropezó con el perro herido, la oscuridad no le había permitido ver el can frente a él.

Se inclinó a ver el animal, pero se percató que no era Aster sintiéndose en cierta medida aliviado. Era el perro de su amigo el que yacía en el suelo. El perro estaba ensangrentado, pero aún con vida.
- Tranquilo amigo, tranquilo. - le decía al perro acariciándolo.

Pero mirando a su alrededor llamando a Aster, pero con voz más baja pues sabía que había algo más en los arbustos. Súbitamente apareció un gran lobo color marrón, mostrando sus dientes afilados llenos de sangre listo para saltar sobre él. Zahir quedó helado ante la aparición y la cercanía del animal que ahora se veía más grande de lo que él se imaginaba. El animal listo para saltar fue atajado por Aster, sucio y al parecer herido, también mostró sus dientes al animal demostrándole su disposición a defender a su amo. El lobo instantáneamente cambió de presa y dirigió su ataque a Aster, pero este logró alcanzar a morder el cuello del animal. El lobo se sacudía violentamente intentando soltarse de la mordida de Aster, sin lograrlo. Ambos cayeron al suelo revolcándose hasta que el lobo logró zafarse de la mordida del perro. El animal que estaba mortalmente herido huyó entre los arbustos aullando como llamando al resto de la manada. De hecho, así fue, el resto de los lobos corrieron entre los árboles abandonando sus intenciones, al menos esta noche. Zahir se acercó rápidamente a Aster que apenas se movía y lo abrazó dándole las gracias por haberlo salvado. De repente escuchó un movimiento entre los arbustos y el pánico se apoderó de él, cerró sus ojos y pidió a Dios que lo guardara. Por un momento le pareció que el viento susurraba las siguientes palabras:
- No temerás el terror de la noche.
- ¡Zahir, Zahir! – Elías apareció gritando entre los arbustos junto a otros dos de los pastores. - ¿Estás bien? ¿Qué pasó? ¡Estás loco! Fue muy valiente o muy tonto lo que hiciste. ¡Oh, no!, Sansón está muerto. – dijo casi gimiendo y mirando a su perro. Elías se inclinó a acariciar el animal que yacía muerto.

- ¿Y Aster? ¿Está vivo? ¿Qué pasó? – le dijo a su amigo con voz muy baja casi apagada por la tristeza que sentía.

Zahir apenas podía hablar. Una mezcla de sentimientos y emociones que no le permitían decir nada. Como una corriente de río pasaban sus pensamientos, miedo, coraje, tristeza, decepción, amor, orgullo. Todo eso sin saber cómo expresarlo o manejarlo ante su amigo fiel que estaba muriendo en sus brazos. De repente, como una tinaja cuando cae al suelo en pedazos, rompió a llorar y gemir al darse cuenta de que su amigo fiel, su estrella había muerto. Ambos jóvenes salieron de entre los arbustos cargando sus perros. Ambos jóvenes apenas permanecieron callados toda la noche junto a sus perros. De madrugada justo antes de salir el sol escucharon el aullido de los lobos que anunciaban que volverían. Este aullido provocó que el enojo y la tristeza de Zahir se convirtiera en ira, un sentimiento que nunca había abrigado en su corazón.

En la mañana los pastores más viejos llegaron incluyendo al padre de Zahir y se enteraron de lo sucedido la noche anterior. Dejaron ir a los jóvenes a enterrar a sus perros e ir a descansar. Sabían que los chicos habían experimentado la peor de las noches de un pastor, una manada de lobos hambrientos. Luego de la oración de la tarde, Abel se sentó al lado de su hijo y le preguntó:
- ¿Cómo estás?
- ¿Cómo voy a estar? Estoy triste y muy enojado. Enojado con los lobos, la vida, con Dios. Hasta con Aster que no debió entrar a los arbustos.
- Um, pero hijo tú también entraste a los arbustos. Es normal que te sientas triste, inclusive también está bien que te enojes con los lobos, todos lo hacemos. Pero con la vida, umm, hay que tener cuidado. La vida no son las cosas que nos ocurren sino como reaccionamos ante ellas. Y con Dios definitivamente no debes enojarte. Él ha sido bueno contigo. Te permitió disfrutar de Aster todos estos años, algún día él de todas formas iba a morir. Debes estar orgulloso que eligió

morir por amor a ti. Nadie tiene mayor amor que el que Aster te demostró, dio su vida por ti.
- Pero fue muy aterrador papá, no pude hacer nada por él.
- Tranquilo no era el momento para que tú hicieras algo por él. Toda su vida lo cuidaste, amaste, entrenaste y lo dejaste acompañarte a todos lados. Honra su memoria recordando esos momentos y da gracias a Dios que te permitió disfrutarlo.
- Bueno, espero que pronto podamos cazar a esos lobos antes de que ellos nos cacen a nosotros.
- Sí, tenemos que prepararnos, ellos volverán. Pero esta vez los estaremos esperando. Ya los demás están alistando unas trampas, de hoy no pasa que acabemos con el líder. Ese es al que hay que eliminar y los demás no volverán. Vas a ver, así que descansa un poco más, esta noche todos estaremos vigilando.

Antes de caer el sol, Zahir dio una vuelta por el rebaño y vio algunos de los pastores cerca de los arbustos, estaban dando los últimos vistazos a las trampas que habían colocado. Todos tenían en lugar del cayado lanzas o arcos al caer la noche, se habían agrupado en cuatro grupos cubriendo los cuatro lados del rebaño. Sabían que los lobos atacaban por todos lados así que no serían sorprendidos al no saber por dónde atacarían. Esa noche no había luna lo que representaba una desventaja para los pastores. El color de los lobos se podía confundir con la oscuridad de la noche y ellos se movían sigilosamente. Pero a pesar de ello Elías y Zahir estaban decididos a cazar al asesino de sus amigos.

La noche se sentía tranquila y las ovejas que ignoraban lo que sucedería dormían plácidamente. Los chicos estaban ansiosos por qué no sucedía nada, pero uno de los pastores viejos les dijo:

-Tranquilos ellos van a venir, pueden estar seguros. Ellos están hambrientos y anoche no pudieron comer nada. Pronto atacarán.

Al parecer los lobos que ya estaban cerca habían escuchado las palabras del viejo e inmediatamente algunas de las ovejas que comenzaron a percibir el peligro comenzaron a moverse inquietas. Sombras se sentían dando vuelta alrededor de los pastores y las ovejas. Estaban comenzando a implementar su estrategia, querer confundir a los pastores para que no supieran cuál de ellos se llevaría la presa. De repente, un aullido se escuchó de los árboles a la derecha, al parecer uno de los lobos había caído en una de las trampas. Algunos de los pastores se acercaron lentamente para rematarlo. Zahir quería ir a ver si era el asesino de Aster, pero al acercarse notó que era una hembra. No, no era el líder. Otro aullido al lado oeste y otro al este. Estaban aullando de todos lados ahora para confundir a los pastores, pero dos de los pastores más fuertes permanecieron cerca del rebaño. Cuando uno de ellos lo vio, era el líder se había acercado por el lado sur del rebaño arrastrándose para no dejar ver su imponente cuerpo. Elías que estaba cerca le avisó a Zahir con una señal afirmándole que el lobo que estaba cerca era el asesino que aún tenía la sangre seca en su pelaje de los perros que había asesinado la noche anterior. Zahir tomó un arco y una flecha y sin pensar apuntó al animal que estaba por agarrar una oveja, ¡Zas! El aullido fue inmediato y el animal intentó ponerse de pie, pero la flecha no solo le había alcanzado el cuello, sino que le había atinado al músculo que iba a una de sus piernas delanteras. No podía ponerse de pie correctamente, se paró como pudo cojeando, pero antes de lograr escapar Elías también le atinó con una lanza. El lobo ya no aulló, ya no hubo ningún gruñido o sonido alguno, solo el grito de los jóvenes:

- ¡Le dimos! ¡Le dimos! ¡Acabamos con él! – gritaba Elías.
- Ya no hay más asesinos por aquí. – añadió Zahir sintiéndose algo aliviado y al mismo tiempo con el orgullo que provoca el triunfo.

Los pastores mayores confirmaron que ese era el líder y el silencio de la noche lo confirmaba. El resto de los lobos huyeron. Se fueron deslizando en busca de una nueva fuente de alimento y de un nuevo líder.

La mañana siguiente Zahir y Abel fueron a comer frutas bajo la sombra de un árbol desde donde podían ver todo el rebaño. La brisa daba la impresión de traer tiempos más agradables y tranquilos. Abel admirando el paisaje le dijo a Zahir:

- Sabes hijo, ¿por qué me gusta tanto el campo? El campo y la tierra hablan de Dios y de qué tipo de relación podemos tener con Él. ¿Ves esta tierra con verdes pastos y flores? Es parte de la tierra que Dios prometió a su pueblo. En ella ha habido historias de amor a Dios, de rechazo, de divorcio y hasta de adulterio. Donde una y otra vez su pueblo degradaba su relación con Dios, pero Dios por amor los perdonaba una y otra vez, ofreciéndole nuevas oportunidades, acabando con sus enemigos y dejándoles saber que vendría un Mesías, que enviaría a alguien a acabar con el mal de una vez y por todas.

Zahir escuchaba a su papá, pero no decía nada. No tenía la misma fe en Dios que su papá. Solo acudía a Dios cuando estaba en líos. De repente su papá cambió el tema, sorprendiendo a Zahir.

-Y pensando y hablando un poco de amor. ¿No te parece que ya es tiempo que te cases con esa chica, Adhara? Ya pasó un año de que la desposaste, ya es tiempo de que forme parte de nuestro clan esa jovencita. Yo quiero ver nietos y seguro tu mamá también.

Oh, ese tema le gustaba a Zahir.

- Ya tú tienes tu propio rebaño, tenemos para pagar la dote por ella, así que, ¿Qué te parece si vamos a poner la fecha para su boda? - el tema aplacó la tristeza de la muerte de su perro, al menos en ese momento.
- Más que de acuerdo, seguro esto pondrá a mamá muy contenta.

Tan pronto regresaron a su casa, su madre recibió la noticia de Aster y ella también se entristeció. Al ver a su hijo solo lo abrazó. Él lloró como un niño en los brazos de su madre sin decir una palabra. No se dijo más ese día. Zahir apenas comió y se fue a dormir. Al otro día muy temprano Abel le había comentado a su esposa la intención de ambos de ir a poner fecha para la boda de Zahir. Zahir se acercó sonriendo. Su madre le brincó encima para abrazarlo de felicidad. De manera inmediata la madre llamó a algunas siervas y comenzó a dialogar con ellas sobre la noticia y a pensar en todo lo que tendrían que preparar para ese gran día.

- ¡Oh! Prepárate, Zahir tu madre nos va a volver locos con todos los detalles. – dijo riendo Abel.
- Bueno después que no nos ponga a trabajar mucho a nosotros. – dijo Zahir mirando de reojo a su madre, esperando la reacción de ella a su comentario. Ella hizo amague de golpearlo, pero solo se rio.

***

Pasaron los días y Abel y Zahir eligieron los animalitos que llevarían al padre de Adhara como dote para el casamiento. Al cabo de unos días partieron a la ciudad a entregar la dote y determinar la fecha de la boda. Desde el día anterior a su llegada a la ciudad Adhara estaba muy contenta y emocionada sin poder explicarse a sí misma porqué, sentía un gozo que ella misma no podía explicar, su corazón estaba siendo preparado para una gran noticia, pronto estaría con su amado Zahir todos los días por el resto de su vida.

Zahir y Abel llegaron a la tumultuosa ciudad como de costumbre, pero en esta ocasión Zahir no se detuvo a ver ninguna mercancía en los puestos de venta, fue directamente a casa de Adhara. Cuando el padre de Adhara los vio llegar con un pequeño rebaño sabía que llegó el día esperado por toda su familia, pronto habría boda. Tadeo recibió a los dos con brazos abiertos y más que contento pues pronto serían más que amigos, familia. Conversaron un poco afuera sentados en una banqueta cerca de la entrada de la casa, donde Abel y Zahir entregaron a Tadeo trescientos denarios, luego de lo cual entraron a la casa riendo. Tadeo dijo a su esposa:

- Prepara la mejor comida pronto seremos familia. - Adhara saltó de gozo, sentándose al lado de su amado. Pronto dialogaron acerca de la fecha, quedaron en celebrar la boda en el campo donde vivían Zahir y su familia para evitar los bullicios en la ciudad. Tadeo y su esposa estaban muy contentos y animados en salir de la ciudad por un tiempo, en particular a celebrar la boda de su hija. Enviaron mensajes a sus familiares para que se alistaran para el viaje. Todos quedaron muy contentos y pronto se volverían a encontrar para unir sus familias.

Las mujeres de la aldea andaban de lado a lado preparando panes, adornando cestas, recogiendo flores, dando instrucciones a los hombres de dónde y cómo acomodar las mesas y todos los adornos que habían preparado. La familia de la novia se acercaba a la aldea en procesión marcada por la música que se escuchaba en la aldea. Todo estaba listo, traían a la novia. Llegaron a la aldea y los padres de la novia la llevaron a una tienda preparada para que esperaran allí hasta que les enviaran aviso del inicio de la ceremonia.

Algunas doncellas comenzaron a colocarse a la entrada de la tienda donde se encontraba Adhara, que ese día brillaba más que nunca de la emoción que no podía contener. El corazón se le quería salir de su pecho y su madre trataba de tranquilizarla un poco, colocando aceites aromáticos en su larga cabellera.

- Ya vamos a comenzar. – se escuchó la voz de Elías afuera.

Tadeo estaba a la entrada lleno de orgullo por la belleza de su hija que hoy resaltaba más aún. Ella llevaba una hermosa corona de flores multicolores que hacían que su hermosa cabellera se luciera más. Comenzaron la procesión de la novia al lugar en que Zahir aguardaba ansioso. Muchos quedaban boquiabiertos ante la hermosura de la novia, no creían que fuera tan linda como Zahir siempre decía. El rostro de Zahir que brillaba de gozo ahora estaba enrojecido de la emoción que no podía contener. Estaba tan nervioso que sus manos comenzaron a sudar, hasta que sintió el toque de su madre en el hombro y escuchó su voz en un tono muy bajo:

- Todo va a estar bien. –

Ese día y los siguientes fueron de fiesta en la aldea, hacía tiempo no se divertían tanto. La unión de Zahir y Adhara fue una gran alegría para las familias. Llegado el momento Tadeo y su familia regresaron a la ciudad y Adhara ahora en su nueva familia les despidió asegurándoles que haría lo posible por honrar la familia haciéndola crecer. Y de hecho así fue, Adhara y Zahir no tardaron en concebir un hijo que traería otra alegría más al clan.

***

Al cabo de un par de años y de alegrar la casa de sus padres con un par de nietos, un golpe muy fuerte sacudió la familia. Aquella mañana Abel se despertó y al acercarse a comer algo, notó que su mujer tenía unas manchas blancas en su cuello. Le preguntó a ella sobre las manchas, pero ella no las había notado. Se fue a revisar todo su cuerpo y su esposo que la acompañó se dio cuenta que la espalda de su esposa mostraba manchas similares. Abel no quería ni pensarlo, no a esta edad, no podía pensar lo que esto significaba y lo que sería de ahí en adelante.

- No puede ser. – dijo rompiendo en llanto. Ella ni se movía, su sorpresa ante lo descubierto la paralizó. Ella sabía lo que tenía que hacer, aunque eso la destruyera. No dijo una sola palabra. Él intentó acercarse a ella y ella se retiró haciéndole señal con su mano de detenerse.
- No, no puedes acercarte a mí. – Ella tomó un bolso, echó algunas piezas de ropa y paños de tela de algodón. Tomó unos panes y salió de la tienda, sin decir una palabra. Abel estaba destruido, se tiró al suelo y rasgó sus vestiduras gritando y llorando. Zahir que estaba cerca escuchó a su padre y corrió a la tienda, encontrando a su padre en el suelo. Corrió a él y rápido gritó llamando a su madre.
- No, no la llames. – decía llorando su papá. - Ella no está aquí, ella se tuvo que ir.
- ¿Irse? ¿Irse adonde? ¿De qué hablas papá? –
- Tu mamá, tu mamá tenía que irse, ella tiene lepra. – añadió con voz entrecortada.
- ¡¿Qué?! – Zahir no podía creer lo que estaba escuchando. - ¿Qué dices papá? Eso no puede ser cierto, no puedo creerlo. – Zahir decía con una mezcla de tristeza y coraje.
- ¡No! ¡No! ¡No puede ser! Mamá, no puede ser. – dijo rompiendo en llanto.
- ¿Y adonde se fue? Tengo que estar con ella. –
- No hijo, no puedes. Sabes que ella ahora está inmunda, que no puedes acercarte. Ella irá a la cueva de los leprosos

seguramente y allí tendrá que permanecer. – Ambos se abrazaron llorando hasta el cansancio. Una nube de tristeza les arropó. Zahir volvió a sentir coraje con Dios. Su mente comenzó a cuestionar e imaginar los peores escenarios en que podía estar su madre. ¿Cómo era posible que Dios permitiera eso? Mi mamá, tan buena. Va a morir sola en una cueva pestilente, sin ningún ser querido cerca. Va a morir lejos de nosotros. Nadie la va a enterrar. Morirá de hambre allí. No puede ser, tengo que hacer algo. Decidido salió a su tienda y le contó a Adhara. Ella también se entristeció mucho, pero le invitó a sentarse y le dijo:

- Zahir quiero contarte algo. La primera vez que nos vimos yo sabía que iba a ser tu esposa. Yo estaba orando, pidiéndole a Dios que me mostrara ya quien iba a ser mi esposo cuando tú apareciste. Esa noche que dormiste por primera vez en mi casa, yo estuve orando toda la noche por ti, algo me impulsaba a interceder por tus luchas y le pedía a Dios especialmente que sacara de tu vida todo lo que no le agradara para que nuestra relación fuera pura y digna delante de Dios. Cuando terminé de orar fui a buscar un pedazo de pan y te escuchaba gimiendo y hasta gritando auxilio desde el cuarto. Me acerqué a la puerta a ver qué sucedía y estabas dormido, pero sudabas mucho y se veía que estabas teniendo una pesadilla. Cuando me iba a alejar de ti cayó una estatuilla del cojín donde tenías tu cabeza, yo me asusté mucho, pero la tomé y fui afuera a destruirla. Luego regresé a mi habitación a dar gracias a Dios porque yo sabía que eso te iba a hacer daño y Dios me lo había mostrado. Desde entonces oro por ti para que Dios te protegiera y creo que puedo orar igual por tu mamá. Sé que no tendrás mucha paz ante esta situación, pero tienes que aprender a confiar más en Dios y en que todo obrará para bien.

- ¡Bien!, ¡Bien! ¿Cómo crees que obra para bien que mi madre esté enferma de esa cosa tan horrible? ¿Cómo es bueno que mi madre muera sola? No, no, no puedo creer que eso traiga ningún bien. Y ¿Por qué nunca me dijiste lo de la estatuilla? Ya yo, no sé qué creer. – Zahir salió de la tienda sin esperar respuestas a sus preguntas. Adhara se quedó preocupada y pensativa, pero inmediatamente oro pidiéndole a Dios que le respondiera las inquietudes de su esposo y que tuviera un encuentro con él.

A partir de ese día Zahir era un poco más áspero con todos, como si siempre estuviera enojado. Todas las tardes dejaba una cesta de frutas y pan cerca de la cueva donde sabía que estaba su madre para que ella no muriera de hambre, de vez en cuando se escondía en unos arbustos y la veía cuando ella salía a recoger los alimentos. Cada vez se veía peor y él lloraba amargamente entre los arbustos preguntándose siempre lo mismo, ¿Por qué había sucedido esto? ¿Por qué Dios lo había permitido? Entre tanto pasaba el tiempo, y camino a la ciudad escuchó a muchos hablar de la aparición de un profeta.

- Oye, dicen que apareció un profeta por ahí. - le comentó a un mercader en un puesto. - ¿Es cierto?
- No sé, algunos dicen que Elías resucitó, pero los sacerdotes andan alborotados y los oficiales de gobierno peor, pues creo que el hombrecito ese anda acusando a Herodes de no sé qué cosa, un pecado dice. Pero yo no sé, no me meto en esos cuentos. – le respondió el mercader sin mostrar mucho interés en el tema.

Siguió su camino a realizar las acostumbradas ventas y compras y durmió como siempre en casa de sus suegros que lo recibieron con mucha alegría como era de costumbre.

Esa noche se veía a sí mismo en una gran cueva oscura, no sabía si estaba soñando o realmente estaba allí, pues podía oler la humedad del lugar y escuchar muy de cerca algunos murciélagos que volaban muy cerca de él en medio de la oscuridad. A pesar de la oscuridad pudo distinguir una figura de un hombre al fondo de la cueva.

Inmediatamente supo de quién se trataba el anciano que de sus sueños estaba allí. Él se acercó lo más que pudo a él para preguntarle dónde estaba, pero el anciano mirando al suelo escribiendo algo en él le dijo en voz muy baja, pero que el eco de la cueva repetía:
- El Señor desea tener piedad de ustedes y por eso se levantará para tener compasión de ustedes. Porque el Señor es un Dios de justicia. ¡Bienaventurados todos los que esperan en Él! –
- ¿Qué dice? ¿El Señor es justo? Yo no estoy muy seguro de eso. – replicó Zahir un poco molesto. - De inmediato su vista se nubló por la oscuridad y restregó sus ojos para ver si mejoraba su visión, pero cuando lo hizo el anciano había desaparecido.

***

Al día siguiente cuando regresaba de la ciudad, notó a lo lejos que en la aldea había mucho alboroto, veía a muchos correr a la tienda de su padre. Tan pronto vio esto corrió asustado, esperaba lo peor. No, no, no, no puede ser que le haya sucedido algo a mi padre. No sabía que encontraría, pero ciertamente sería sorprendido. Tan pronto se acercó a la tienda se dio cuenta que sí había sucedido algo grande casi no tenía paso para entrar pues todos estaban arremolinados en la entrada. Se hizo paso entre la multitud y cuando entró a la tienda cayó al suelo de rodillas ante la escena que encontró. Era su madre abrazada a su papá. Su mamá estaba limpia. La lepra había desaparecido y su rostro a pesar de las arrugas era más bello que antes. Tan pronto su madre lo vio corrió a abrazarlo en el suelo y a besarlo. Zahir solo lloraba de gozo, de asombro, de sorpresa, de agradecimiento a Dios a pesar de haber renegado mucho de Él y de su coraje.

- ¿Qué? ¿Cómo? Mamá, ¿Cómo te has limpiado? ¿Cómo estás sana? Yo te ví ya tenías la piel en carne viva. – esto la asombró , pues no sabía que él había visto cómo estaba ella ya en la cueva. – Cuéntame, ¿cómo sucedió esto?
- Sentémonos todos tienen que escuchar cómo ocurrió.
- Resulta que estando en la cueva la poca agua que teníamos los que estábamos allí se había acabado y algunos están con mucha fiebre. A pesar de yo estar muy mal, como bien dices ya mi carne estaba muy fea y deteriorada, yo era de las más fuertes allí. Así que decidí atreverme ir al río a buscar un poco de agua. Estaba yo allí escondiéndome lo más que podía, pues note que muchas personas estaban bajando a uno de los lados del río. No podía dejar que me vieran cerca. Cuando llené la tinaja y la iba a levantar me tropecé y se me perdió toda el agua. Me traté de levantar y no podía hasta que vi que alguien me extendió su mano. Inmediatamente grité impura, para que se alejara y no me tocara. Pero él se acercó más y me extendió sus dos manos, levanté mi mirada y por los rayos del sol apenas le podía ver el rostro cuando de repente escuché su voz.

La voz más dulce que he escuchado en mi vida, y que provocó en mí una paz increíble y un amor que me sobrecogía. Él me dijo:
- Levántate y sé limpia. Me tomó de la mano e inmediatamente vi como mi piel cambió, recobró vida y color. Yo no podía creer lo que estaba viendo, llegué a pensar que estaba alucinando. Toqué mi rostro, y aún mi ropa que antes estaba sucia, cambió. Me dijo que fuera al sacerdote para que me examinara y corrí a hacerlo cuando pensé en el agua que fui a buscar para los demás. Pero él me dijo:
- No te preocupes por ellos yo soy el agua viva y ellos no van a tener más sed.
- Así que me fui corriendo, confiando en que él les llevaría agua. Me presenté al sacerdote y efectivamente me declaró limpia. Cuando venía camino acá, escuché a algunos que regresaban del río. Contaban de un hombre que estaba bautizando y que allí llegó un tal Jesús. Que una voz del cielo dijo que él era su hijo. Y yo creo que ese es nuestro Mesías esperado, creo que fue él quien me sanó. Dios está entre nosotros.

Inmediatamente todos comenzaron a alabar a Dios. Zahir no sabía ni qué pensar, quería creer en ese Mesías, quería creer en Dios, pero necesitaba ver con sus propios ojos a ese hombre para entender mejor. Su coraje le impedía entender las formas en que Dios manifestaba su amor en medio de las pruebas.

Cada vez que iba a la ciudad escuchaba comentarios de Jesús, en una de las ocasiones escuchaba gritos en las calles:
- ¡Hosanna! ¡Bendito el que viene en el nombre del Señor! ¡Bendito el reino de nuestro padre David que viene! ¡Hosanna en las alturas! –
- ¡Está aquí! – gritaba un hombre corriendo y diciéndole a todo el que se topaba con él. - ¡Está aquí!

Zahir sabía de quién hablaba, pero él no quería verlo, él no creía lo que decían. No pensaba perder su tiempo detrás de él. No tenía ninguna razón para hacerlo. Así que continuó su camino a realizar sus ventas y sus compras, para luego dirigirse a casa de sus suegros. Tadeo y Miriam lo esperaban como siempre con un buen guiso.

- ¿Cómo está tu padre Zahir? ¿Y mi hija? ¿Mis nietos? Ya tu padre no viene por acá, ¿ah?
- Sí. Todos están bien. Papá como siempre en el campo con las ovejas. Él prefiere estar más tiempo con ellas que venir acá.
- Sí y desde que vio lo bueno que eres en los negocios, aprovecha ese tiempo.
- Sí, también toma mucho tiempo con los chicos.
- Ah, sí los chicos, ahí sí que lo envidio. A veces quisiera más tiempo con ellos. Pero bueno se hace lo que se puede.

En la mañana su suegro le tenía un paquete especial lleno de cosas para sus nietos y su hija. Y el acostumbrado bolso de pan y frutas para el camino de vuelta de su yerno.

-Bueno hijo que Dios te bendiga y te guarde en el camino como siempre. Dale besos a mi hija y a mis nietos. Ve en paz. - Inmediatamente Zahir tomó su camino de regreso a su hogar.

***

Los siguientes tres años cada vez que iba a la ciudad escuchaba más comentarios del tal Jesús, unos decían que era un profeta, otros hablaban de las sanidades que hacía, de que resucitaba muertos y que hablaba palabras llenas de sabiduría. Pero en una ocasión al llegar a la ciudad el ambiente era diferente, muchos corrían de un lado a otro. Otros al parecer temían algo y se escondían, mostrando solos sus rostros por las ventanas. El mercado estaba cerrado pero muchas personas se dirigían a una calle que solo dirigía a un lugar al Gólgota, una colina redonda, pelada, el lugar tenía el aspecto de una calavera cuando se lo veía de una distancia corta, por lo que también le llamaban lugar de la Calavera. Eso solo significaba que alguien de renombre iba a ser crucificado. La curiosidad y el hecho de que el mercado estaba cerrado ese día llevó a Zahir a ver a quién llevaban por ese camino. Al acercarse vio al otro lado del camino a su viejo amigo Simón. Había llegado a la ciudad también a realizar algunas transacciones como acostumbraban él y su papá. Zahir lo llamaba, pero el bullicio de la multitud impidió que Simón escuchara. De repente frente a él cayó el sentenciado con la cruz que llevaba a cuesta, era él, era Jesús. Zahir quedó petrificado con la escena, ese que tantos admiraban, ese que hizo milagros, ese que sanó a su madre. ¡El Salvador! ¿Cómo era posible si estaba a punto de morir? Súbitamente sus pensamientos fueron interrumpidos cuando vio que uno de los soldados tomó a su amigo Simón y lo hicieron cargar la cruz con él. ¡Oh, no, espero que no azoten a mi amigo como a ese hombre! Tan pronto colocaron a Simón al lado de Jesús y este último se puso de pie, su mirada se encontró con la de Zahir. Zahir no tenía idea de que una mirada expresara tanto amor y eso fue lo que sintió cuando Jesús lo miró amor, un amor que no podría explicar con palabras. Él lo miró con amor, él con su rostro ensangrentado, masacrado. Por un momento recordó a Aster lleno de sangre cuando sacrificó su vida por salvarlo. ¡Oh, no! Ahora entendía lo que estaba ocurriendo, todo tomó sentido. El era de verdad el Salvador estaba dando su vida por él, por ellos. Sus ojos se desconectaron de sopetón por los latigazos que comenzaron nuevamente a golpear el cuerpo de Jesús. La procesión hacia el Gólgota continuó y Zahir se quedó allí, petrificado, con sus ojos llorosos y con miles de pensamientos. Pero algo notó, ya no cargaba con el coraje y la ira que lo acompañaban desde hacía muchos años. Él se llevó en esa cruz ese peso también. Al cabo de unas horas todo había ocurrido, escuchaba a la gente hablando de lo ocurrido. Unos tristes, otros burlándose y otros sencillamente en silencio. Por todo lo ocurrido Zahir decidió regresar a su casa de inmediato, el mercado permanecería cerrado por algunos días, pues el pueblo estaba muy inquieto y las autoridades consideraron mejor que todo permaneciera cerrado para calmar a todos. Al llegar a su casa ya la noticia de lo ocurrido en la ciudad había llegado por unos nómadas que iban de paso. Adhara notó que su esposo venía algo agobiado y muy cansado y no quiso abrumarlo con preguntas de lo sucedido y le indico a los niños que dejaran a su papá tranquilo, que estaba cansado.

Pasaron algunas semanas y estando sentado bajo el árbol que acostumbraba a sentarse con su papá se acercó un hombre. Zahir le ofreció un pan y mientras comían hablaban de las ovejas, de la naturaleza. De repente el hombre le comenzó a hablar de lo que ocurrió en la ciudad. Zahir quedó callado. El hombre notó que él no quería hablar del tema y le dijo:
- Ves todos estos hermosos campos y este cielo azul, todo esto será destruido en algún momento, pero Dios hará un cielo nuevo y una tierra nueva, donde todos sus hijos ya no tendremos más dolor ni enfermedad.

Estas palabras le llamaron la atención a Zahir y le preguntó al hombre:
- ¿Y cuándo será eso? ¿Cómo llegaremos allí?
- Cualquiera que se arrepienta de sus pecados, y reconozca que Jesús es su Salvador tendrá entrada a este lugar. – respondió el hombre incorporándose y retomando su camino. – Zahir se quedó pensando y de repente le preguntó.
- ¡Hey! Amigo, ¿cuál es tu nombre? – a lo que el hombre respondió de lejos.

- Felipe. – Inmediatamente desapareció del lugar.

Zahir quedó muy inquieto con las palabras de aquel hombre y por la forma en que desapareció, creyó estar volviéndose loco. Pero tan pronto llegó a su hogar y los niños lo rodeaban saturándolo de historias de lo que habían hecho en el día. Ese día sentado a la mesa con sus seis hijos dio gracias a Dios por su herencia, por su familia, por su esposa y por todo lo que tenía. No le contó nada a su esposa de su encuentro con aquel hombre que desapareció, por un momento se preguntaba si fue que lo soñó, ya le había ocurrido antes. Ya se había quedado dormido en otras ocasiones bajo la sombra del árbol donde almorzaba con otros pastores y su padre.

***

Al siguiente día Zahir notó que las ovejas andaban un poco inquietas. Los perros de los pastores comenzaron a ladrar, pero no se movían de sus lugares. Zahir sabía que no podían ser lobos, ellos no atacan de día, pero sabía que un peligro se acercaba. Su experiencia en el campo le permitía saber que algo estaba mal. Zahir y el resto de los pastores comenzaron a revisar todos los alrededores cuando vieron a lo lejos el cuerpo de una de las ovejas ensangrentado y muy cerca de ella un gran león rugiendo, declarándose el rey de la zona. Los pastores corrieron a buscar sus armas, cuando Zahir se percató que uno de sus hijos que acostumbraba a traerles pan fresco se acercaba. Zahir sintió que la sangre se le subió a la cabeza de repente y sin pensarlo y sin armas corrió hacia su hijo que ahora estaba en la mira del león. Zahir corría hacia su hijo rogando a Dios su intervención, pero desesperado y casi llorando pues sabía que no iba a ser posible llegar a su hijo antes que el león. El león también corría, pero a su presa, el niño que aún no había visto el león. Súbitamente el león se detuvo, como si hubiera chocado con un muro. El niño que para ese momento había visto el león, quedó boquiabierto y con su rostro blanco de miedo gimió. El león inesperadamente se volteó y corrió hacia las piedras de donde salió. Zahir no podía creer lo que estaba sucediendo, no entendía por qué ni cómo el león retrocedió repentinamente, y se fue sin su presa. Esto no era normal. Zahir llegó a su hijo y lo abrazó temblando de pánico por la sola idea que pasó por su mente, que su hijo estuviera muerto en este momento.

Después de un buen rato y cuando todos ya estaban calmados, el niño que permaneció con su papá y el resto de los pastores le preguntó a su papá:

- ¿Papá quién era ese anciano que le habló al león? – Zahir abrió sus ojos ante la pregunta de su hijo.
- ¿Qué dices? ¿Qué anciano?
- El que le dijo al león que se fuera, que no tenía parte ni suerte aquí. Le dijo eso, me miró y me guiñó un ojo, se veía bien amable el señor, pero no sé dónde se fue porque ahí te vi a ti que venías corriendo. – añadió el niño.

- ¡Oh, hijo! ¿Estás seguro de eso?
- Papá, tú sabes que yo no miento.
- Sí, sí es cierto. Perdóname, es que me puse muy nervioso y no vi al señor que dices.

Tan pronto llegaron a la casa el niño comenzó a contar todo a su mamá, que palideció ante la noticia.

- ¡¿Qué dices?! ¡¿Un león?!- preguntó Adhara espantada y mirando a Zahir, quien asintió con su cabeza afirmando que lo que el niño decía era cierto. Todos sus hermanos comenzaron a preguntar de todo.
- ¿Cómo era el león?
- ¿Te dio miedo?
- Niños, niños, dejen a su hermano descansar un poco. Ha tenido un día fuerte. – replicó Adhara- dejen que se vaya a descansar y mañana con calma les cuenta todo. Obedezcan déjenlo quieto.

Adhara se llevó al niño y le ofreció un té para que descansara mejor en la noche. Cuando regresó de acostar a todos los niños se acercó a Zahir aún espantada con la noticia.

- Zahir, ¿Qué ocurrió en realidad? ¿Es cierto que un anciano detuvo al león?
- Realmente yo no estoy seguro de que sucedió, yo solo vi a nuestro hijo y al león que venía sobre él. Fue horrible. Por un momento pensé que iba a perder a mi hijo. – Zahir irrumpió en llanto, Adhara lo abrazó.
- Ve a descansar, a ti también te llevaré un té para que duermas mejor. - Zahir obedeció como un niño y ella solo daba gracias a Dios por salvar a su hijo mientras preparaba el té a su esposo.

Al otro día todos en la aldea habían escuchado de lo ocurrido y por un tiempo el chiquito fue el centro de atención de todos. Ciertamente la historia de lo ocurrido fue una historia que se contó por mucho tiempo en la aldea.

Zahir se sentía un poco extraño ese día, hoy el resto de los pastores habían comido su pan y dátiles rápidamente y querían mover los rebaños más abajo buscando pastos más verdes. Zahir les dijo que iría más adelante, pero como había hecho vigilia en muchos días pasados cuidando las ovejas, se quedó dormido bajo el árbol.

Comenzó a mirar toda la colina por donde se supone sale el sol, pero algo le parecía extraño todo se veía muy iluminado como si el sol estuviera muy cerca, pero no había sol o al menos él no podía alcanzar a ver dónde estaba. De repente muy cerca de él y bajando por el lado derecho de la colina vio a un hombre vestido de blanco y un perro. Un perro muy parecido a … ¡Qué! Es Aster. ¿Cómo es posible? Estaría viendo visiones, estaría soñando. Cuando iba a llamar a su perro, escuchó una voz conocida que venía detrás del árbol. El hombre iba corriendo hacia el perro y el hombre vestido de blanco.

- ¡Jesús!, espérame. -inmediatamente reconoció la voz y al hombre, era su papá. ¿Pero qué estaba ocurriendo? Zahir no sabía si soñaba, si todo era realidad o si estaba volviéndose loco.
- Hola Abel, te estaba esperando. – Ambos hombres caminaban juntos hablando y el perro saltando a su alrededor. De vez en cuando Jesús lo acariciaba.
- Ciertamente he sentido tu amor y cómo me ha arropado y me ha sostenido. Tengo que darte las gracias porqué también has cuidado con amor a mi hijo y a mis nietos. Nunca tuve duda de que eres el Mesías, el Salvador desde que te vi aquella noche cuando naciste. Aquella noche en el pesebre sabía que todo iba a cambiar. Mi vida cambió y nada fue igual. Espero que tu amor también sostenga y arrope a mi hijo y que él entienda que tú eres la Estrella de la Mañana, que tú eres su salvación.
- ¿Qué dice papá? – pensaba Zahir al escuchar a su padre. – ¿Por qué habla así? – Su papá y Jesús se alejaban más.
- ¡Papá! ¡Papá! ¡Papá!

- Zahir se despertó súbitamente con la sacudida que su pequeño de cinco años le daba tratando de despertarlo. - ¡Papá! ¡Papá! ¡Papá! – Al abrir sus ojos vio a su esposa acercándose con el resto de los niños…

Sobre la Autora

Wendy Colón Nieves (1966) nació en San Juan, Puerto Rico. Con un grado de Maestría en Educación ejerció como maestra por más de veintiún años, donde junto a su Bachillerato en Agronomía comenzó escribiendo libros de plantas y diseños, como "Plantas y Jardines de Puerto Rico" (1999). Inspirada por sus experiencias de vida escribió "Definitivamente ciega..." en un estilo ecléctico (2012). Ha escrito en revistas, periódicos y algunas páginas web. Su experiencia con personas de muchos países le ha llevado a escribir su último libro, "Dios con nosotras", un viaje junto a muchas mujeres que viven a diario la experiencia de un Dios que las acompaña y las ayuda en todo.

Ahora incursiona en la escritura de las novelas cortas con esta pequeña obra, ¿Salvado de qué?, donde presenta inquietudes actuales plasmadas en otra época y escenarios, pero donde el personaje como todo el mundo tiene que tomar decisiones.

Otros libros de la autora

Definitivamente ciega

Este libro presenta a través de la vida de Noelia la realidad de muchas mujeres que sufren maltrato psicológico por parte de su pareja, de la sociedad y de la justicia. De cómo una joven puede ser engañada hasta el punto de creer que no puede aspirar a nada bueno. El libro presenta una esperanza para las que sufren algo similar y ofrece consejos de cómo podemos y no podemos ayudar a estas víctimas. Es un llamado a no estar ciegos a esta situación que está llevando a más mujeres a morir emocional y físicamente a manos de otras personas. Es un llamado a los padres de jovencitas que enfrentan problemas que deterioran su autoestima. Es un llamado a todos a alzar la voz y decirle a estas jóvenes y mujeres que sí valen y que son importantes para nosotros y para Dios.

Dios con nosotras

Muchas mujeres latinas han servido como misioneras alrededor del mundo, pero muy pocas comparten sus historias. Aquí encontrarás algo de sus luchas, temores, decisiones, pero sobre todo la bendición de obedecer a Dios en todo. Encontrarás historias reales de mujeres sencillas que un día decidieron agradar a Dios a través de su servicio a Él. Dios estaba conmigo... Cada experiencia de vida nos ofrece sabiduría, pero cuando las recordamos nos damos cuenta que Dios estaba con nosotros. Este pequeño cuaderno te permitirá registrar esos momentos en que reíste o lloraste, rodeado de personas o en tu soledad, donde ciertamente notaste algo, que Dios estaba contigo allí. Que las memorias que allí escribas te permitan poder decir como Job: "de oídas te había oído, más ahora mis ojos te ven." Es tiempo de escribir tu propio libro con tus vivencias y quien sabe hasta las publiques algún día.

Agradecimientos

Quiero agradecer a Dios, una vez más, inspirándome a escribir estas líneas. Y un agradecimiento especial a dos jóvenes que me motivaron en esta aventura y realizaron la edición de esta historia, Hermes Sánchez y Amara Lebrón, dos jóvenes con sus luchas pero que tomaron en algún momento de sus vidas la decisión correcta, seguir a la estrella de la mañana.

Made in the USA
Middletown, DE
15 October 2024